Disney · PIXAR

TOY STORY 4

Adaptation by R. J. Cregg
Translation by Laura Collado Píriz
Illustrated by the Disney Storybook Art Team

BuzzPop

An imprint of Little Bee Books, Inc.
251 Park Avenue South, New York, NY 10010
Copyright © 2019 Disney Enterprises, Inc., and Pixar.
© POOF-Slinky, LLC.
MR. POTATO HEAD and MRS. POTATO HEAD are trademarks of
Hasbro used with permission. © Hasbro. All rights reserved.
All rights reserved, including the right of reproduction in whole or
in part in any form.
BuzzPop is a trademark of Little Bee Books, Inc., and associated
colophon is a trademark of Little Bee Books, Inc.
Manufactured in the United States of America LAK 0419
First Edition
10 9 8 7 6 5 4 3 2 1
ISBN 978-1-4998-0944-2
buzzpopbooks.com

Hace muchos años, Woody fue el **juguete** de Andy.
Many years ago, Woody was Andy's **toy**.

La amiga de Woody, Betty, pertenecía a Molly, la **hermana** de Andy.
Woody's friend, Bo Peep, belonged to Andy's **sister**, Molly.

Juntos, Woody y Betty jugaban con Andy y con Molly y a cambio eran amados por **los niños**.
Together, Woody and Bo played with Andy and Molly, and were loved by **kids** in return.

Woody y Betty acordaron que ser **amado** por un niño era el mejor sentimiento del mundo.
Woody and Bo agreed that being **loved** by a kid was the best feeling in the world.

Con el tiempo, Andy y Molly **dejaron** atrás a sus juguetes.
Eventually, Andy and Molly **outgrew** their toys.

Betty y sus **ovejas** acabaron en una caja y las enviaron a otro lugar.
Bo and her **sheep** were packed into a box and sent away.

Andy regaló a Woody y al resto de sus juguetes a una **niña** pequeña llamada Bonnie.
Andy gave Woody and the rest of his toys to a **little girl** named Bonnie.

Woody no sabía si volvería a ver a Betty algún día, pero ahora tenía que
cuidar de Bonnie.
Woody didn't know if he'd ever see Bo again, but now he had Bonnie to
take care of.

El primer día de la **escuela** de Bonnie, Woody entró en su mochila y fue a la escuela con ella para asegurarse de que estaría bien.
On Bonnie's first day of **school**, Woody sneaked into her backpack and went to school, too, to make sure she'd be okay.

Al principio Bonnie estaba nerviosa, ¡pero luego creó a un **amigo**: Forky!
Bonnie was nervous at first, but then she made a **friend**, Forky!

Muy pronto acabó la escuela y metió a Forky en su **mochila** para llevárselo a casa.
Before she knew it, school was over and she put Forky in her **backpack** to take home.

¡Forky cobró **vida** como Woody!
Alone with Woody, Forky came to **life**!

¡Bonnie había **fabricado** su propio juguete por sí sola!
Bonnie had **made** a real toy of her very own!

De vuelta en casa de Bonnie, Woody **reunió** al resto de juguetes.
Back home in Bonnie's room, Woody **gathered** the rest of the toys.

—**Chicos** —dijo Woody—, quiero presentaros a Forky.
"**Everyone**," said Woody, "I want you to meet Forky."

Los juguetes estaban **asombrados**.
The toys were **shocked**.

¡Nadie había visto nunca a un juguete hecho con un **utensilio** desechable!
Nobody had ever seen a toy made from a disposable **utensil**!

Woody explicó que Bonnie **amaba** a Forky.
Woody explained that Bonnie **loved** Forky.

—Tenemos que asegurarnos de que no le pase **nada** malo —dijo Woody.
"We all have to make sure **nothing** happens to him," said Woody.

Pero Forky no entendía qué **significaba** ser un juguete.
Forky didn't **understand** what it meant to be a toy, though.

Tenía miedo de los otros juguetes y donde más feliz y seguro se sentía como un utensilio desechable era en la **basura**.
He was scared of the other toys, and as a disposable utensil, he felt safest and happiest in the **trash**.

Cuando la familia de Bonnie hizo un **viaje** en carretera, se llevaron también a los juguetes.
When Bonnie's family took a road **trip**, she brought her toys along.

Mientras Bonnie **dormía**, Forky corrió hacia la ventana de la caravana.
While Bonnie was **sleeping**, Forky ran to the van window.

—No soy un juguete, soy un *spork* —declaró mientras saltaba por la **ventana** a la noche.
"I am not a toy. I'm a spork," he declared as he jumped out the **window** into the night.

Woody lo **vio** y se quedó sin aliento.
Woody **saw** this and gasped.

A Bonnie se le **partiría el corazón** si perdía a Forky.
Bonnie would be **heartbroken** to lose Forky.

Woody saltó de la **caravana** para traerle de vuelta.
Woody jumped out of the **RV** to bring him back.

—Eres un **juguete**, te guste o no —dijo Woody.
"Like it or not, you are a **toy**," said Woody.

Le explicó que Bonnie amaba a Forky de la misma forma que Forky **amaba** a la basura.
He explained that Bonnie loved Forky the same way Forky **loved** trash.

Finalmente, Forky lo **entendió**.
Forky finally **understood**.

—¡Yo soy la **basura** de Bonnie! Tenemos que irnos —dijo—. ¡Ella me necesita!
"I'm Bonnie's **trash**! We got to get going," he said. "She needs me!"

De camino al aparcamiento, Woody vio la **lámpara** de Betty en la ventana de una tienda de antigüedades.
On their way to the RV park, Woody saw Bo's **lamp** in the window of an antiques store.

Forky **quería** seguir adelante, pero Woody quería comprobar si Betty estaba allí.
Forky **wanted** to keep moving, but Woody had to see if Bo was in there.

Levantó a Forky y los dos juguetes pasaron por la ranura del **correo** contoneándose.
He picked up Forky, and the two toys wiggled through the store's **mail** slot.

Dentro no **encontraron** a Betty.
Inside, they did not **find** Bo.

En su lugar, encontraron a una **muñeca** llamada Gabby Gabby.
Instead, they found a **doll** named Gabby Gabby.

Quería el dispositivo de voz Woody porque el suyo estaba **roto**.
She wanted to take Woody's voice box because hers was **broken**.

¡Cuando Woody corrió para escapar, los **títeres** de Gabby Gabby capturaron a Forky!
When Woody ran to escape her, Gabby Gabby's **dummies** captured Forky!

A la mañana siguiente, Woody estaba en un **parque infantil** cercano intentando pensar en una forma para rescatar a Forky.

The next morning, Woody was in a nearby **playground** trying to think of a way to rescue Forky.

¡Entonces fue cuando vio a su vieja **amiga**, Betty!

That's when he spotted an old **friend**, Bo Peep!

Con ella iba su nuevo amigo, Giggle McDimples, el **Oficial** de la Patrulla de Mascotas.

With her was a new friend, Pet Patrol **Officer** Giggle McDimples.

Las **ovejas** de Betty abordaron a Woody.
Bo's **sheep** tackled Woody.

—¡Yo también las extrañé! —les dijo a las ovejas mientras le daban **besos** en la cara.
"I missed you, too!" he said to the sheep as they **kissed** his face.

¡Betty le contó a Woody que llevaba siete años siendo un juguete **perdido**!
Bo told Woody she had been a **lost** toy for seven years!

Así fue como **conoció** a Giggle.
That's how she **met** Giggle.

Woody le pidió a Betty que le **ayudara** a rescatar a Forky de donde Gabby Gabby le había capturado.
Woody asked Bo to help him **rescue** Forky from Gabby Gabby.

Después de todo, Betty y Woody siempre formaron un gran **equipo**.
After all, Bo and Woody had always been a great **team**.

Betty aceptó ir con él y Giggle también se presentó **voluntario**.
Bo agreed to come along, and Giggle **volunteered**, too.

Mientras tanto, Bonnie se despertó en la caravana y **lloró** porque no encontró a Forky.
Meanwhile, Bonnie woke up in the RV and **cried** because Forky was missing.

Buzz Lightyear, el amigo de Woody, se fue volando en una misión de **rescate** para traerle a él y a Forky de vuelta a Bonnie.
Woody's pal Buzz Lightyear took off on a **rescue** mission to bring him and Forky back to Bonnie.

Por el camino consiguió la ayuda de Ducky y Bunny, unos juguetes del **festival** de la ciudad.
Along the way, he recruited the help of some toys, Ducky and Bunny, from the town **carnival**.

Buzz encontró a Woody y a Betty en el tejado de la tienda de **antigüedades**.
Buzz found Woody and Bo on the roof of the **antiques** store.

Juntos estaban seguros de que podían rescatar a Forky y **reunirlo** con Bonnie.
Together, they were sure they could rescue Forky and **reunite** him with Bonnie.

Betty conocía la **tienda** de antigüedades, así que fue la primera.
Bo knew the antiques **store**, so she led the way.

Betty les **mostró** a sus amigos el armario de Gabby Gabby.
Bo **showed** her friends Gabby Gabby's display cabinet.

Estaba segura de que Forky estaba ahí **atrapado**.
She was sure to have Forky **trapped** in there.

El armario estaba lejos del pasillo y estaba custodiado por un **gato** llamado Dragón.
The cabinet was far across the aisle and guarded by a **cat** named Dragon.

Betty sabía cómo podrían entrar en el **armario** sin que Dragón se diera cuenta.
Bo knew how they could get to the **cabinet** without Dragon noticing.

Le presentó a Woody a otro juguete de la tienda de antigüedades: Duke Caboom, el **mejor** doble de acción de Canadá.

She introduced Woody to another toy in the antique store, Duke Caboom, Canada's **greatest** stuntman.

En su **motocicleta** pudo saltar desde lo alto de la cabina frente al armario de Gabby Gabby, atravesar el pasillo volando y aterrizar encima del armario.

On his **motorcycle**, he could jump from the top of the booth across from Gabby Gabby's cabinet, soar over the aisle, and land on top of the cabinet.

El equipo se puso a **trabajar**.

The team went to **work**.

Woody ató un **lazo** alrededor de su muñeca y saltó a la motocicleta con Duke.
Woody tied a **ribbon** around his waist and hopped on the motorcycle with Duke.

Duke aceleró, corrió hasta el final del mueble y saltó por el **pasillo**.
Duke revved the engine, raced to the end of the booth, and jumped across the **aisle**.

Con Woody agarrándose **fuerte** del mueble, Betty se deslizó por el lazo para llegar hasta a él.
With Woody holding on **tight** to the cabinet, Bo slid across the ribbon to join him.

Tan solo tenían que sacar a Forky del armario y volver por el **mueble**.
They just needed to get Forky out of the cabinet and back across to the **booth**.

Pero Gabby Gabby y sus títeres estaban **esperando** a Woody.
But Gabby Gabby and her dummies were **waiting** for Woody.

Se lanzaron contra Woody y se **cayeron** encima de Dragón.
They lunged at Woody and he **fell** on top of Dragon.

Por suerte, Duke consiguió que Dragón le **persiguiera** fuera de la tienda y se llevó a Woody y sus amigos consigo.
Thankfully, Duke got Dragon to **chase** him out of the store, pulling Woody and his friends along.

Todos escaparon de los **títeres**, excepto Forky.
Everyone escaped the **dummies**, except for Forky.

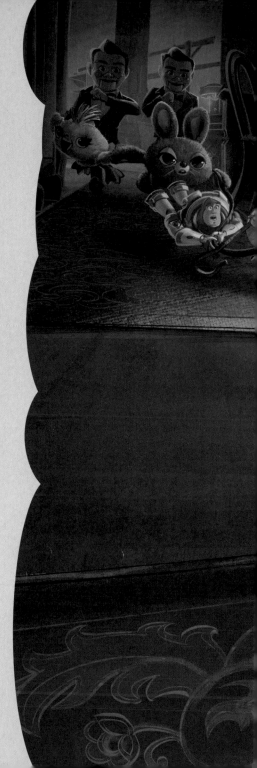

Woody sabía **otra** forma de que Forky
volviera a Bonnie.
Woody knew one **other** way to get Forky
back for Bonnie.

Entró en la tienda y le ofreció a Gabby Gabby
lo que quería: su **dispositivo de voz**.
He went into the store and offered Gabby
Gabby what she wanted, his **voice box**.

—Pero dame a Forky. Bonnie lo **necesita**
—dijo Woody.
"Just leave me Forky. Bonnie **needs** him,"
Woody said.

Gabby Gabby **aceptó** y dejó que Forky
volviera con Bonnie acompañado de Buzz.
Gabby Gabby **agreed**, and let Forky return
to Bonnie with Buzz.

Pero incluso con un dispositivo de voz
arreglado, la niña favorita de Gabby Gabby,
Harmony, no quería jugar con ella.
But even with a **fixed** voice box, Gabby
Gabby's favorite kid, Harmony, didn't want to
play with her.

Woody sabía que la **misión** no
había terminado.
Woody knew the **mission** wasn't over.

Woody, Betty y los **otros** juguetes decidieron llevar a Gabby a Bonnie.
Woody, Bo, and the **other** toys decided to bring Gabby Gabby to Bonnie.

Pero de camino hacia allí, Gabby Gabby vio a una niña pequeña **llorando**.
But on their way there, Gabby Gabby spotted a little girl **crying**.

Necesitaba un **juguete** para consolarla.
She needed a **toy** to comfort her.

Los juguetes pusieron a Gabby Gabby cerca de la **niña** y llamaron su atención.
The toys placed Gabby Gabby near the **kid** and got her attention.

La niña tiró de su **cordel** y se escuchó: "Hola, soy Gabby Gabby. ¿Quieres ser mi amiga?"
The girl pulled her **string** and heard, "Hi, there. I'm Gabby Gabby. Will you be my friend?"

La niña sonrió y **abrazó** a Gabby Gabby como si nunca fuera a dejarla marchar.
The girl smiled and **hugged** Gabby Gabby like she'd never let go.

Por fin se completó la **misión** de los juguetes.
Finally, the toys' **mission** was complete.

Woody y Betty estaban **felices** porque volvían a estar juntos.
Woody and Bo were **happy** to be together again.

Ellos siempre **ayudarían** a los juguetes y a los niños a encontrarse unos a otros.
They would always **help** toys and kids find each other.

Decidieron que cuidar de un niño era el mejor **sentimiento** del mundo.
They decided taking care of a kid was the best **feeling** in the world.